roman vert

DoMiNique et coMPagNie

Sous la direction de

Yvon Brochu

Yvon Brochu

La belle histoire de Zigzag

Illustrations

Paule Thibault

**Données de catalogage
avant publication (Canada)**

Brochu, Yvon
La belle histoire de Zigzag
(Roman vert)
Pour enfants de 8 ans et plus

ISBN 2-89512-274-1

I. Thibault, Paule. II. Titre.

PS8553.R6B44 2002 jC843'.54 C2001-941928-7
PS9553.R6B44 2002
PZ23.B76Be 2002

© Les éditions Héritage inc. 2002
Tous droits réservés
Dépôts légaux : 3e trimestre 2002
Bibliothèque nationale du Québec
Bibliothèque nationale du Canada
Bibliothèque nationale de France

ISBN 2-89512-274-1
Imprimé au Canada

10 9 8 7 6 5 4 3 2 1

Direction de la collection :
Yvon Brochu, R-D création enr.
Éditrice : Dominique Payette
Direction artistique et graphisme :
Primeau & Barey
Révision-correction :
Martine Latulippe

Dominique et compagnie
300, rue Arran
Saint-Lambert (Québec) J4R 1K5
Téléphone : (514) 875-0327
Télécopieur : (450) 672-5448
Courriel :
dominiqueetcie@editionsheritage.com

Nous remercions le Conseil des
Arts du Canada de l'aide accordée
à notre programme de publication,
ainsi que la SODEC et le ministère
du Patrimoine canadien.

Gouvernement du Québec –
Programme de crédit d'impôt pour
l'édition de livres – SODEC

*À tous mes
amis auteurs*

Chapitre 1

À la maison, s'il vous plaît !

Zigzag ouvre les yeux. Droit devant lui, une belle lumière tout orangée irradie de l'immense rideau. Un sourire, aussi doux que son regard, se dessine sur ses lèvres desséchées.

– Encore une autre belle journée !

Zigzag, c'est aussi Félix Lanoue. Un écrivain aux cheveux tout blancs. Il est auteur de livres pour la jeunesse et ses lecteurs ne le connaissent que sous son nom de plume, Zigzag. Il a consacré toute sa vie à inventer des histoires pour les jeunes. Il a publié plein de romans, d'albums pour les tout-petits et même quelques bandes dessinées. Non, il ne fait pas lui-même les illustrations de ses livres. «Heureusement! a-t-il souvent répété aux jeunes. Sous mes coups de crayon, une petite maison prend des allures d'horrible cabane à oiseaux. Et même les oiseaux n'en voudraient pas!»

Toute sa vie durant, Zigzag s'est fait un plaisir de se promener d'école en école, de bibliothèque en bibliothèque, de salon du livre en salon du livre. Quelle joie de discuter avec ses fidèles lecteurs, de leur serrer la pince ou encore de leur dédicacer un de ses ouvrages.

Aujourd'hui, pourtant, c'est terminé, toutes ces belles rencontres!

Il y a moins d'une semaine, Zigzag

a appris qu'il n'avait plus que quelques mois à vivre : les médicaments qu'il prenait n'avaient pas permis d'enrayer la progression de sa terrible maladie.

– Nous allons vous garder à l'hôpital.

– Oh non ! a-t-il aussitôt répondu. Je veux terminer ma vie à la maison.

Même si, dans sa vie littéraire, il compte des milliers de jeunes amis, dans la vraie vie, Zigzag est seul : Louison, sa femme, la plus grande amie qu'il ait jamais eue, est décédée il y a deux ans ; Martin, son fils unique, vit à Vancouver. Récemment, celui-ci est venu passer quelques jours avec son père, mais il s'en est retourné auprès de sa petite famille.

Et pourtant, Zigzag ne connaît pas la solitude.

—Rester ici, c'est mourir tout de suite, a renchéri l'homme aux cheveux blancs. Alors que rentrer chez moi, c'est encore quelques mois de bonheur.

«En compagnie de Mô, de Dosto et de Kunde!» aurait pu ajouter Zigzag. Mais il s'en est bien gardé, de crainte d'effaroucher davantage les gens de l'hôpital avec son trio d'amis très spécial. Son enthousiasme et sa ténacité lui ont finalement permis d'obtenir leur accord.

Et voilà pourquoi, en ce beau matin d'octobre tout ensoleillé, Zigzag peut encore se réveiller, heureux, dans sa maison. Avec des mouvements lents, il se lève et va quérir sa robe de chambre à rayures rouges. Puis, de ses mains tremblotantes, il fait glisser le rideau de la porte-fenêtre de son bureau.

Depuis sa maladie, l'auteur a l'impression d'être le héros d'un film tourné au ralenti. Il prend maintenant conscience de chacun de ses petits gestes quotidiens tellement l'effort pour les réaliser est grand. Mais, scène après scène, il s'en sort très bien, chaque fois avec une joie nouvelle et une grande fierté.

Zigzag vit dans son bureau. Tout est à sa portée : son pupitre, son ordinateur, sa bibliothèque et maintenant son lit, qu'il y a fait transporter. Il a passé tellement de temps dans cet endroit à imaginer des histoires qu'il n'oserait même pas tenter d'en faire l'inventaire : il y passerait le reste de sa vie…

Et Dieu sait qu'il a bien d'autres choses à faire, Zigzag ! Comme achever son dernier petit roman. Il n'a plus que l'épilogue à écrire.

– Comment ça va, ce matin, les vieux os ? lance Mô de sa belle voix de chêne, avec son ironie habituelle.

– Toi, vieille écorce, ce n'est pas parce que tu es géant que tu peux être aussi impoli ! Surtout si tôt le matin !

Zigzag adore Mô, le vieux chêne qui règne en roi et maître sur la cour, mais parfois aussi sur sa propre vie.

– Cher auteur, ton médecin ne t'a pas demandé de cesser de t'épuiser à imaginer d'autres histoires ?

Il y a de cela plus de vingt ans, Zigzag et sa femme ont convenu d'acheter la petite maison qu'il habite toujours. Les deux avaient été charmés par son cachet vieillot et chaleureux, par ses petits volets de bois et ses lierres grimpant aux murs de brique rouge. Pour sa part, Zigzag avait été complètement séduit par Mô. Véritable coup de foudre pour cet arbre gigantesque ! Et de le voir, encore ce matin, dans sa magnifique robe d'automne teintée de jaune et d'ocre, ravit le vieil auteur. Là, appuyé sur la vitre de la grande porte-fenêtre, il ressent encore ce petit frisson de sérénité aussi doux que du velours qui l'a fait succomber au charme de Mô, vingt ans plus tôt.

– Si tu n'avais pas un cœur de bois, Mô, tu comprendrais l'importance que ces histoires ont pour moi. Et tu t'occuperais davantage de tes branches tout échevelées que de mes affaires personnelles…

Ce routinier dialogue matinal, direct et amical, Zigzag ne pourrait plus s'en passer. Des liens aussi puissants que les racines de Mô elles-mêmes se sont noués entre lui et ce chêne. Sans compter la grande camaraderie que Zigzag a développée avec les deux locataires de Mô, Dosto et Kunde, qu'il voit maintenant s'amener à toute vitesse jusque sur le seuil de la porte!

–Salut, les copains! lance Zigzag aux deux écureuils qui, bien assis maintenant, grattent la vitre de leurs petites pattes de devant. Entrez! Le déjeuner est servi…

Avec un peu de difficulté, Zigzag fait glisser un des pans de la porte-fenêtre et laisse Dosto et Kunde pénétrer chez lui.

–Le vent! Le froid! intervient Mô d'une voix empreinte de sévérité. C'est défendu…

Zigzag, lui, est tout à son plaisir : il regarde ses amis aller quérir leurs noix, comme à l'habitude, sur le coin de son pupitre. Il sourit en se remémorant la scène d'hier avec madame Bureau, l'infirmière qui vient chez lui deux fois par jour :

– Quoi ? Des noix du Brésil, des amandes et des arachides en écale ? Huit sacs ?

Bien entendu, Zigzag ne peut s'en tenir qu'à un seul menu pour ses amis Dosto et Kunde.

« Le déjeuner, c'est le repas le plus important de la journée. Il faut bien varier le menu ! » a-t-il expliqué pour justifier cette demande un peu spéciale auprès de l'infirmière. Cette dernière lui a rendu ce petit service. Madame Bureau n'en est pas à une extravagance près de la part de son

patient. Il s'agit d'un auteur, après tout ! Et puis, elle s'est beaucoup attachée à lui : « Comment fait-il pour être aussi heureux alors qu'il sait sa mort toute proche ? » Cette force de caractère chez Zigzag dépasse l'entendement de madame Bureau. Elle l'admire. Zigzag lui a aussi offert plusieurs de ses livres pour donner à ses petits-enfants.

Vraiment, ce Zigzag est un patient extraordinaire !

Les abajoues gonflées, Dosto et Kunde bondissent sur le lit. Comme à leur habitude, ils se mettent au garde-à-vous et attendent la permission pour quitter.

– Allez, ouste !

Aussitôt, les deux petits voisins de Zigzag filent dehors et trottent jusqu'au pied de Mô. Ce dernier les accueille tendrement de ses grands bras feuillus. Puis, Mô s'adresse de nouveau à son propriétaire :

– Tu vas donc écrire ?

– Je vais essayer ; Isabelle et l'oursin m'attendent.

– Moi qui croyais avoir la tête dure… Bonne journée quand même !

Zigzag referme la porte et stoppe le souffle de ce vent frisquet. Ah ! qu'il aimerait échanger ce souffle vif qui a refroidi toute la pièce contre son propre souffle, court et tout faiblard…

Chapitre 2

De la belle visite !

Les doigts de Zigzag pianotent sur le clavier de l'ordinateur. Depuis un long moment, chaque touche lui pèse un peu plus. Mais son cœur palpite : « Plus que quelques phrases à l'épilogue et c'est terminé ! » Et quelle idée géniale il vient d'avoir...

Quand il écrit, Zigzag a l'impression que le temps file aussi vite que Dosto et Kunde eux-mêmes : il a la tête ailleurs ! Il se retrouve au milieu de paysages nouveaux et de personnages qui lui font vivre des expériences inoubliables.

– Zigzag?

Depuis des semaines, il se trouve au bord de la mer, marchant pieds nus sur le sable. Il n'a que huit ans et se nomme Isabelle. Et il a pour meilleur ami un oursin. À chaque roman, c'est pareil : il devient ses personnages…

– Zigzag?

Mais quelle est cette petite voix qui l'appelle ? Y aurait-il un nouveau personnage qui voudrait se glisser dans l'épilogue qu'il s'apprête à terminer ?

– Bon… bonjour, Zigzag!

Non, il n'y a pas de nouveau personnage ! Il a déjà entendu cette voix. C'est…

L'homme aux cheveux blancs

quitte Isabelle et se retourne.

– Alexandre ? s'étonne-t-il, le visage radieux.

Un jeune garçon se tient debout devant lui, un bouquet de quenouilles garni de toutes petites fleurs dans les mains.

– Euh…

Les joues du visiteur s'empourprent. Zigzag n'en est pas surpris.

– Que je suis content ! lance ce dernier. Tu es là depuis longtemps ?

– Euh… non, non. Je…

– Ce bouquet, il est bien pour moi ? intervient l'auteur d'une voix douce, cherchant à aider son jeune et timide ami.

Sortant de sa torpeur, Alexandre donne son bouquet d'un geste si brusque que quelques fleurs se détachent et tombent aux pieds de Zigzag.

–Je vois que tu n'as rien perdu de ton charme, s'amuse l'auteur.

–Je… je m'excuse.

Timide, sensible et un peu gaffeur, voilà comment Zigzag a créé Alexandre. Ce dernier considère ces traits de caractère comme des défauts. Et pourtant, ce sont ces mêmes

caractéristiques qui lui ont permis d'être aussi populaire auprès des jeunes lecteurs. Lui et Julie, son amie de cœur, comptent parmi les héros les plus aimés mis au monde par Zigzag.

Zigzag est lui-même très attaché à Alexandre : il lui a écrit huit romans.

Quels beaux moments d'émotion il a vécus, dans ce même bureau, en sa compagnie. Et que de fous rires! Aussi est-il très touché par cette visite inattendue.

Alexandre s'empresse de ramasser les fleurs et tente maladroitement de les réinsérer dans le bouquet maintenant tenu par Zigzag. Ce dernier ne peut s'empêcher de rire.

– Tu ne changeras jamais, Alexandre.

– C'est… c'est bien votre faute! riposte gentiment le garçon.

– Tu as bien raison… Mais assieds-toi, voyons!

Alexandre s'assoit dans le fauteuil que lui désigne Zigzag, face à la porte-fenêtre. Puis, il regarde discrètement l'homme aux cheveux blancs prendre place dans le second fauteuil. Et il remarque avec quelle difficulté il y parvient. Des larmes lui montent aux yeux. Il baisse la tête.

Pendant un moment, c'est au tour de l'auteur de regarder son personnage, sans dire un mot.

Zigzag sourit. Le bonheur se lit sur son visage.

– Je… je ne sais pas trop quoi dire, marmonne le jeune garçon dont la voix s'est mise à trembloter. Je… je suis vraiment nul pour ce genre de chose.

– Alexandre, intervient Zigzag, tu es extraordinaire : tu es le plus timide de tous mes personnages, et c'est toi qui as le courage de venir me voir le premier. Je ne pouvais pas avoir plus belle visite, crois-moi. Je suis tellement heureux, en ce moment !

Des sanglots viennent embrouiller

la voix du garçon :

– Mais… vous allez mourir !

Et, tout à coup, une troisième voix résonne dans la chambre, faisant sursauter Zigzag et Alexandre :

– Alex, ça suffit !

– Julie ! fait l'auteur, ravi.

– Cesse de pleurnicher ! poursuit l'amie de cœur d'Alexandre, debout bien droite dans l'entrebâillement de la porte. Ce n'est pas le temps de s'apitoyer, il faut sauver Zigzag !

• • •

Zigzag est le plus heureux des hommes. Toujours assis dans son fauteuil, il regarde ses deux personnages se disputer.

– Tu n'es pas médecin, Julie !

– Non, mais il faut toujours se

battre ! Il y a une solution à tout problème, même aux pires.

– Encore ton psychiatre de père qui t'a appris cela ?

– Alexandre, s'il te plaît, ne recommence pas : laisse mon père dans nos livres et aide-moi plutôt !

Alexandre et Julie se sont retirés dans un coin de la chambre. Des dizaines et des dizaines de fois, Zigzag a inventé de célèbres prises de bec entre ses deux jeunes personnages, disputes qui ont fait les délices des jeunes lecteurs. Mais cette fois, rien de ce qu'ils se chuchotent n'est sorti de son imagination. Quel plaisir ! L'auteur continue à tendre l'oreille.

– Que veux-tu faire, Julie ?

– Je ne sais pas… Nous ne sommes pas médecins, mais il y a peut-être un autre des personnages de Zigzag qui l'est. On pourrait faire appel à lui!

–Tu n'es pas sérieuse? On ne peut pas mêler le vrai monde de Zigzag et celui qu'il a inventé!

–Tête de linotte! On est bien là, nous, non?…

Le vieil auteur interpelle les jeunes et les invite à le rejoindre.

–Que manigancez-vous, tous les deux, dans le coin? Venez, venez! Vous savez, je vais mourir, c'est vrai, mais je vais très bien… Encore mieux, depuis que vous êtes là.

Julie s'amène vers Zigzag, suivie d'Alexandre.

–Vos livres, Zigzag, dans quelle bibliothèque ils se trouvent? J'aimerais bien les voir…

Quelques instants plus tard, l'auteur et son timide héros admirent

Mô à travers l'immense vitre, tout en sirotant une limonade. Ils espèrent l'apparition de Dosto et de Kunde. De son côté, Julie s'est assise sur le tapis, près de la bibliothèque. Elle est entourée de livres. Dans ses mains, les pages de chaque livre qu'elle retire des rayons défilent à vive allure. Plein d'idées lui viennent à l'esprit. Un vrai tourbillon ! «Après ! se dit-elle. Je dois d'abord trouver quelqu'un pour le guérir ! » Son cœur bat vite. Elle a affronté avec bravoure des tempêtes terribles au cours des huit grands romans de sa vie. Pourtant, l'idée de la mort de son Zigzag la terrifie. Elle est parvenue à faire montre de courage devant son grand ami Alexandre, pour ne pas l'atterrer davantage. Mais elle-même se sent si dépourvue, et si malheureuse… Oh! voilà peut-être la solution! Ses mains se tendent, son nez se rapproche du livre qu'elle tient et ses yeux se mettent à briller.

Le nez collé sur la vitre de la porte-fenêtre, Alexandre lance, tout excité :

– Salut, Dosto!

Sur le seuil de la porte, l'écureuil écarquille les yeux.

– On… on dirait qu'il me fait la moue, remarque le jeune garçon.

– C'est bien ce qu'il fait! s'amuse Zigzag. Il joue les fâchés parce que tu t'es trompé : lui, c'est Kunde. Mais il est plus rigolo que Dosto. Ses grimaces pourraient faire rougir de honte un chimpanzé. Dosto ne devrait plus tarder à se montrer le mus…

Kunde prend la poudre d'escampette.

L'apparition brutale dans la vitre d'une grande femme vêtue d'un long sarrau blanc fait aussi sursauter Zigzag et Alexandre.

— DELPHINE !

Chapitre 3

S.O.S., Zigzag se meurt!

Zigzag, fatigué, a dû se coucher; Alexandre est assis au pied du lit. Tous deux rient de bon cœur en continuant d'observer les filles.

–Julie, je ne suis pas médecin, mais vétérinaire! réexplique Delphine. Tu as dû lire trop vite…

«Bien sûr…, pensent simultanément l'auteur et son timide héros, jetant un regard de tendresse vers la jeune fille. Julie fait toujours tout trop vite.»

Après avoir répondu au S.O.S. lancé par Julie, Delphine s'est vite rendu compte du malentendu.

– Mais… Delphine, vous soignez tout de même des malades?

– Oui: tous les animaux de l'album créé par Zigzag.

La dame en sarrau, aux longs cheveux poivre et sel remontés en beignet, est certes la plus douée et compréhensive de tous les vétérinaires de la littérature enfantine: elle soigne les animaux créés par Zigzag avec des chansons, des comptines et des poèmes.

La vétérinaire s'amène tout près de son auteur malade et ajoute:

– Je n'ai toutefois aucune compétence pour les humains. Demande à Zigzag, il pourra te le dire lui-même. Je regrette vraiment: je ne peux rien faire pour…

Delphine ne trouve pas les bons mots.

– Tu n'as pas à te sentir coupable de quoi que ce soit, Delphine! intervient Zigzag. Tu es très gentille d'être accourue aussi vite. Tu sais, Julie est plus chagrinée que moi par ce qui m'arrive.

Julie fait un pas vers le lit, rouge de colère.

– Zigzag, comment pouvez-vous dire ça?… Personne n'est heureux de mourir, voyons!

– Julie…

Alexandre se hâte d'aller rejoindre son amie, près de la bibliothèque. Il lui suggère gentiment de ne pas se laisser gagner par la colère.

– Cela n'aidera pas Zigzag. Et il est si content de nous voir!

Près du lit, la vétérinaire se penche au-dessus de la tête de Zigzag et dépose un doux baiser dans sa chevelure blanche. Puis, elle pose la main sur la sienne et dit:

–Maintenant, je dois vous quitter. J'ai toujours beaucoup de boulot à faire, comme vous le savez…

Le vieil homme hoche doucement la tête.

–Je sais que je n'ai pas autant de caractère que votre belle Julie, poursuit Delphine. En fait, je n'ai qu'un rôle bien secondaire dans votre album: mais je ne changerais ma place contre aucun autre de vos personnages. Comme vous, Zigzag, je suis pleinement heureuse de ce que je suis et de ce qui m'arrive. Je ne vous oublierai jamais. Merci mille fois!

●●●

Zigzag a toujours la gorge nouée par l'émotion quand Alexandre revient vers lui, quelques instants plus tard.

–Euh… mais où elle est passée, Delphine?

–Retournée à ses malades, fait l'auteur, portant la main à sa chevelure blanche, là où les lèvres de Delphine se sont posées un moment plus tôt.

– Zigzag, murmure Alexandre, euh… il faut pardonner à Julie: elle vous aime plus que tout au monde! On voudrait tous vous sau…

Un cri d'horreur poussé par Julie, assise par terre près de la bibliothèque, enterre brusquement la voix d'Alexandre. Puis, un rire strident déchire le silence à son tour:

– HA, HA, HA !

Zigzag rassure Alexandre :

– N'aie pas peur : ce n'est que Zirifendella !

Julie, qui s'est levée telle une marionnette sortant d'une boîte à surprises, demande d'une voix autoritaire :

– Mais qui êtes-vous ?

Julie affronte le regard de cette sorcière immonde qui vient de sortir de derrière la bibliothèque.

– Moi, ma belle, dit Zirifendella en ricanant, je viens exaucer ta demande. J'ai entendu ton appel à Delphine, tantôt. HA, HA, HA !... Moi seule peux sauver notre bon ami Zigzag !

La sorcière s'envole subitement et vient atterrir tout près du lit de Zigzag.

– Et toi, mon créateur, ajoute-t-elle, les yeux sortis de leur orbite, jamais tu n'oserais refuser de boire ma potion magique?

Julie fonce vers le lit et, tout enthousiaste, lance:

– Mais oui! Pourquoi n'y ai-je pas pensé moi-même? Rien de mieux que votre propre sorcière pour vous guérir, Zigzag!

– Comment vont tes nouveaux chatons noirs? demande tout bonnement l'auteur à Zirifendella.

– Bien, bien! répond cette dernière. Mais tu aurais pu ne pas attendre au septième livre pour me les donner: cela m'aurait fait une vie un peu plus agréable, tu ne crois pas?

– Je n'ai vraiment pas pu...

– On dit ça, on dit ça!

– Je t'assure. Tu sais, ma vieille, je

dois tenir compte des caprices de mon imagination ; pas question de me la mettre à dos... Tu comprends ?

Et tandis que cet étrange dialogue se poursuit, Alexandre prend Julie par le bras et l'entraîne avec lui. Il est terrifié à l'idée de la potion magique. D'autant plus que, lors d'une séance de signatures, il a déjà entendu Zigzag et un jeune lecteur rire de cette fameuse sorcière dont les potions magiques étaient toujours ratées, avec des effets terribles...

– C'était sûrement de Zirifendella qu'ils parlaient !

– De toute façon, réplique Julie, il n'y a pas d'autre solution ! Sinon, c'est certain, Zigzag va mourir. Alex, c'est notre dernière chance !

Julie prend à son tour Alexandre par le bras et l'exhorte à la soutenir dans sa démarche.

– Bon, d'accord! finit-il par dire. Mais à la condition que Zigzag accepte.

– Ça, je m'en occupe. Merci, Alex! Viens.

Alexandre se demande s'il a bien fait d'accepter la proposition de Julie. D'habitude, dans les romans, il ne refuse jamais rien à Julie, prêt à accepter toutes les conséquences. Mais, cette fois, il en va de la vie – ou de la mort, il ne le sait plus trop – de Zigzag.

Ses doutes se font encore plus pressants quand, de retour près du lit avec Julie, il entend Zirifendella dire :

– Ma petite, il va falloir que je t'emprunte ton petit ami pour quelques minutes : j'ai besoin de

bras pour cueillir des tas de plantes rares pour ta potion. Ce n'est pas tous les jours que je dois concocter une potion destinée à guérir un célèbre auteur d'un mal incurable, tu comprends ?

Alexandre tremble de peur à l'idée de suivre cette vieille ensorceleuse dans son univers sûrement terrifiant. Pourtant, un seul regard attendri de Julie suffit à faire fondre presque toute opposition de sa part. Et, à son grand étonnement, Zigzag ne formule aucune objection.

Par amour pour Julie, il suivra la sorcière ! Qui sait ? Peut-être Julie a-t-elle raison de croire en la guérison de Zigzag…

Quelques secondes plus tard, il se sent entraîné hors de la maison, dans le sillage de Zirifendella.

Zigzag et Julie se retrouvent seuls dans le bureau. «Enfin, je vais pouvoir parler à Julie!» se dit l'auteur, qui a compris la peine immense de sa jeune héroïne. Mais avant qu'il n'ait dit un seul mot, Julie joue les trouble-fêtes.

–Zigzag, il faut vous changer les idées! lance-t-elle, toute souriante et d'un air coquin... J'ai ce qu'il vous faut!

Chapitre 4

Que la fête commence !

Jamais Zigzag n'aurait pu imaginer la scène dans laquelle Julie l'a plongé.

Depuis un long moment, il est de retour dans le fauteuil. Son bureau a pris des allures de kermesse : Agrippa le clown fait tourner Lili, sa souris dansante, près de la porte-fenêtre ; Paillasse, la coccinelle géante, joue du trombone dans un coin ; Abracadabra, le magicien aux moustaches épaisses, souffle des ballons multicolores qui se transforment en oiseaux exotiques ;

Lorenzo, assis sur son célèbre tri-porteur, distribue de ses crèmes glacées à faire perdre la boule. Ces personnages de Zigzag, et bien d'autres encore – clochard, fée, ogre, animaux et enfants de tous âges – s'entassent pêle-mêle dans la pièce.

Les uns font leur numéro, les autres offrent à Zigzag leurs souhaits de prompt rétablissement ou remercient Julie de les avoir si gentiment invités à cette grande fête de famille.

Ces retrouvailles procurent à Zigzag beaucoup de bonheur, mais aussi une grande fatigue.

Mô, le vieux chêne, est témoin de cette étrange fête. Elle lui rappelle cette kermesse qui s'installe chaque début d'été dans le parc d'à côté. Du haut de ses branches, il aime bien voir toutes ces personnes s'amuser sous les petits chapiteaux. Mais cette mascarade improvisée dans le bureau de son ami l'auteur ne lui inspire rien de bon. De sa position privilégiée, et dans sa sagesse toute centenaire, il n'y décèle pas de véritable plaisir. Et plus encore, Zigzag, tout pâle, assis dans son fauteuil, lui semble dépassé par l'événement.

Aussi décide-t-il d'intervenir sans plus attendre :

– Hé ! les vieux os ! Que se passe-t-il chez toi ? On fête ton enterrement prématurément ?

– Tu n'es pas drôle, Mô ! lui répond l'auteur d'une voix lasse.

– Si tu les laisses continuer ainsi, mieux vaut nous dire adieu tout de suite…

Au même moment, Julie s'approche d'un Zigzag perdu dans ses pensées. Elle remarque le souffle court de Zigzag et ses traits tirés. Elle est étonnée. Puis, attristée. Encore une fois, aurait-elle été trop loin, trop vite?... Elle qui croyait si bien faire! Elle qui venait voir à quel point il était heureux de sa surprise!

Julie sent son cœur se serrer très fort.

En quelques minutes seulement, avec tact mais fermeté, la jeune hôtesse réussit à mettre tout ce beau monde à la porte, avant de disparaître mystérieusement à son tour.

Aussitôt, Zigzag réplique fièrement à Mô:

– Tu vois bien, vieille écorce, que tu t'énervais les branches sans raison!

– Pour le moment..., concède le

chêne. Mais, avec ta Julie, tu n'es pas sorti du bois, c'est Mô qui te le dit! Quel caractère! Ton vrai portrait, les vieux os.

– Jaloux, va!

– Peut-être, à bien y penser... Oh! j'oubliais! ajoute le chêne d'une voix soudainement grave. Tu ne boiras pas la potion magique que cette chipie de Zirifendella va te rapporter, hein?

Le silence de Zigzag fait frissonner Mô, à en réveiller Dosto et Kunde, tous deux lovés tout près du cœur du chêne.

Le bruissement de pas dans les feuilles attire l'attention de Mô. Il voit subitement surgir dans la cour une armée de tout petits bonshommes et petites bonnes femmes. Chacun tient dans ses bras minuscules un étui de cuir noir : mini, petit ou grand.

– Tiens ! lance-t-il à Zigzag. Qu'est-ce que je te disais à propos de ta Julie ? Regarde donc dans ta cour !

Avant que Zigzag ne puisse se lever du fauteuil, Julie apparaît de l'autre côté de la porte-fenêtre, toute rayonnante. Il se rassoit et la regarde faire glisser un pan de la porte, entrer et faire signe à quelqu'un de venir la rejoindre. Dans la seconde qui suit, un petit homme en habit de gala s'amène à ses côtés.

– Karmazan ! s'exclame Zigzag, les yeux brillants d'étonnement et de joie.

– Nous sommes venus à la demande de notre amie Julie, déclame le petit chef d'orchestre, avec sa baguette en main. Nous allons jouer

une pièce de notre propre répertoire pour vous, notre auteur bien-aimé. Nous la jouons pour la toute première fois.

Le petit chef salue bien bas son auteur.

Julie a ouvert l'autre pan de la porte. Dans la cour, tout l'orchestre est en place, regroupé sous les grands bras de Mô qui lui servent de chapiteau.

Karmazan se rend sur le seuil de la porte et, d'un coup de baguette, fait s'animer ses musiciens.

Aussitôt s'élève une musique enchanteresse. Tels des oiseaux, les notes volent jusque dans le bureau. Elles vont droit au cœur de Zigzag. Dans sa tête, celui-ci avait déjà entendu la musique douce et mélodieuse de son petit chef d'orchestre, personnage qu'il avait créé en mémoire d'un grand ami musicien; mais jamais il n'avait pu imaginer des sons aussi purs et beaux que ceux qu'il entend présentement, assis dans son fauteuil. Zigzag ferme les yeux. Il a l'impression de devenir lui-même une note et de voler comme un oiseau à travers les plus beaux paysages du monde.

Toute fatigue s'envole, ne laissant place qu'au bonheur.

Mô lui-même en a les larmes aux feuilles; quant à Dosto et Kunde, ils croient encore dormir et rêver à l'intérieur du chêne tellement la musique les berce de sa mélodie aussi douce que de la soie.

Assise par terre tout près de Zigzag, Julie se félicite: «Pour une fois, j'ai fait vite et bien!...»

Chapitre 5

Vous êtes ma vie !

Avant que le concert ne soit terminé, le sommeil a eu raison de Zigzag. Sur la pointe des pieds, le petit chef d'orchestre et les musiciens ont filé.

Julie est maintenant allongée sur le lit. Elle n'a pas cessé de songer à Alexandre. Elle s'inquiète : « Que se passe-t-il avec Zirifendella et Alexandre ? Il y a longtemps qu'ils ont quitté. » S'il arrivait malheur à Alex, elle ne se le pardonnerait jamais.

Soudain, un bruit infernal la sort

brusquement de ses noires pensées. Elle se redresse d'un coup tandis que Zigzag, apeuré, se réveille. «Enfin!» se dit Julie qui jette un regard vers la bibliothèque, croyant y voir apparaître Zirifendella et Alexandre. Mais il n'en est rien!

Aussi se retourne-t-elle vivement vers le fauteuil où est Zigzag: elle aperçoit un monstre aux allures de chevalier, planté droit devant l'auteur.

– Qui êtes-vous? crie-t-elle en accourant vers Zigzag.

– Laisse, Julie! dit Zigzag, l'incitant à ne plus bouger d'un geste de la main. C'est Triturion, un de mes personnages de bande dessinée.

– Mais je ne vous ai pas invité! lance courageusement Julie.

– Bien sûr que non! fulmine Triturion. On n'invite que les *beaux*

personnages, jamais les méchants !

Sans plus se préoccuper de la jeune fille, Triturion penche sa tête visqueuse de lézard vers Zigzag :

– Cher auteur, je n'allais pas te laisser mourir sans trouver de réponse à la question qui me torture l'esprit depuis si longtemps…

– N'embêtez pas Zigzag ! Il est très malade, vous le voyez bien !

– Toi, la gentille petite héroïne, ne te mêle pas de ça !

Les yeux de Triturion brillent d'un jaune incandescent ; Julie, qui allait s'avancer, reste clouée sur place.

La bave dégoulinant des commissures de ses lèvres, le monstre interpelle de nouveau son auteur :

– Pourquoi, Zigzag, m'as-tu créé si bête, si violent, si immonde que tous les jeunes lecteurs me détestent ? Toi

qui as fait jaillir de ton imagination tant de beaux personnages…, s'écrie Triturion, la rage au cœur, en se voilant le visage de ses grandes mains lisses, vertes et parsemées de points noirs. Pourquoi m'avoir fait aussi laid? Pourquoi?

Les mains de Zigzag s'agrippent aux bras de son fauteuil. Lui-même

s'est si souvent reproché la mise au
monde de personnages ne pouvant
devenir que les mal-aimés des jeunes lecteurs. Bouleversé, il cherche
les bons mots: ceux qui apaiseront
Triturion. Pendant un long moment,
il essaie de lui expliquer le rôle vital
qu'il joue: « Je me suis servi de toi
pour mieux faire ressortir la beauté,

la paix et la justice. C'est un peu cruel, mais nécessaire pour toucher le cœur des jeunes, tu comprends ? » Zigzag conclut, à bout de force, en assurant Triturion qu'il l'aime.

Après un moment de silence, l'anti-héros lève les yeux vers son auteur et demande d'une voix brisée :

— M'aimes-tu autant que Julie ?

— Bien sûr !

— HA, HA, HA !…

Zirifendella vient d'émerger de derrière la bibliothèque, suivie d'Alexandre. Julie s'empresse d'aller retrouver son ami.

— Tiens, tiens ! lance la sorcière de sa voix perçante, sur un ton moqueur. Quel beau spectacle nous offre Triturion, versant des larmes de crocodile sur les genoux de son auteur.

– Toi, la vieille chipie…

L'air indifférent, Zirifendella laisse Triturion l'invectiver quelques instants ; puis, à bout de patience, il lui suffit d'un cri horrible et d'un large geste du bras pour retourner Triturion d'où il est venu.

Un peu à l'écart, Julie confie à Alexandre :

– Je suis tellement contente de te revoir !

Alexandre reste silencieux. Il semble encore sous le choc de son voyage au pays de Zirifendella.

– Tout va bien, Alex ?…

– Bien sûr que tout va bien ! s'interpose alors la sorcière, le sourire fendu jusqu'aux oreilles. Croyais-tu, ma fille, que j'allais t'enlever ton jeune amoureux sans l'accord de Zigzag ? HA, HA, HA !…

Et, d'un autre geste théâtral, Zirifendella sort de sous sa longue robe noire une fiole d'où s'échappent de petites volutes blanches.

– Et j'ai ce que tu m'as demandé !

Un étrange malaise s'installe dans la pièce.

– Géniale, ma sorcière bien-aimée ! intervient Zigzag, d'une voix faible mais chaleureuse, en tendant le bras vers Zirifendella.

La main de Julie trouve celle d'Alexandre. Les deux jeunes s'étonnent de la réaction de leur auteur : pourquoi n'offre-t-il aucune résistance ? Doit-on faire autant confiance à Zirifendella ? Et si…

Les mains de Julie et d'Alexandre se crispent l'une dans l'autre.

– Zigzag ! laisse échapper Julie, alors que la main tremblante de l'auteur prend la fiole.

Zigzag ne réagit pas. Il se dirige vers son lit à petits pas prudents.

Les deux jeunes voient la sorcière s'envoler et disparaître derrière la bibliothèque. Mais sa voix nasillarde et puissante continue encore de résonner dans le bureau, tout comme dans leur cœur: «HA, HA, HA! Une potion magique pour mon auteur. Une potion d'éternité! HA, HA, HA!»

–Zigzag! insiste Julie. Et si c'était du poison?

–Voyons, Julie! Ne t'en fais pas: je ne vais jamais mourir!

–Pour… pourquoi dites-vous ça? demande Alexandre. Tous les humains meurent…

–Oui, mais pas les écrivains…, dit Zigzag, d'une voix de plus en plus ténue, en déposant la fiole sur sa table de chevet. Alexandre, ne comprenez-vous pas que vous êtes ma vie, Julie, toi et les autres ? Même si je quitte ce monde, vous, vous allez y rester. Que puis-je demander de plus à la vie ? Vous m'avez déjà donné tant de bonheur… Aujourd'hui, mais aussi toute ma vie durant ! Je suis un homme comblé, tu sais.

– C'est vous qui nous avez comblés, Zigzag ! proteste Julie.

– Oui, sans vous, nous n'existerions pas ! fait remarquer Alexandre.

Ayant réussi à s'étendre sur son lit, l'auteur allonge le bras et reprend la fiole.

– Je vous aime tous les deux, ne l'oubliez jamais. Et continuez de faire rire les jeunes. De les émouvoir.

Non, je ne vais pas mourir !

Zigzag porte lentement la fiole à ses lèvres.

Les mains de Julie et d'Alexandre ne font plus qu'une.

Trois coups sont frappés à la porte de la maison de Zigzag…

Chapitre 6

L'épilogue

Madame Bureau entre dans la maison. Elle a sa propre clé, mais elle frappe toujours pour annoncer son arrivée. Comme à son habitude, elle dépose son manteau dans la penderie, près de la porte d'entrée, et lance un joyeux « Comment va mon auteur préféré, aujourd'hui ? »

Aucune réponse ne lui parvient. Elle regarde sa montre : « 10 heures 30 ! Dormirait-il encore ? »

Doucement, l'infirmière pousse la

porte du bureau et s'approche de Zigzag. «Il dort comme un ange!» songe-t-elle.

– Debout! Debout! Il fait trop beau pour ne pas se réveiller, ce matin…

Zigzag ne bouge pas. Un doute assaille la dame. Elle touche le vieil homme. Une certitude lui étreint le cœur:

– Zigzag est mort! laisse-t-elle échapper en retirant sa main.

Au même instant, une violente bourrasque de vent fait gémir la grande porte-fenêtre; le choc est si puissant que madame Bureau se retourne vivement. Elle remarque aussitôt que plus une seule feuille n'habille le grand chêne dans la cour. Déconcertée, l'infirmière fixe ce dernier un moment. Puis, soudain, elle remarque deux écureuils qui sortent du grand amas de feuilles et viennent se poster devant la porte-fenêtre. De leurs petites pattes de devant, ils se mettent à gratter le bas de l'immense vitre.

Ayant maîtrisé sa peur, madame Bureau fait maintenant le tour de la pièce. Elle remarque des feuilles dans le plateau de l'imprimante. Elle s'avance et prend la pile : *Isabelle et l'oursin,* lit-elle sur la première page. Elle connaît bien la petite Isabelle. Zigzag lui a lu plusieurs passages de ce roman dont il était très fier.

L'infirmière s'empresse d'aller jeter un œil sur la dernière page : un sourire se dessine sur ses lèvres lorsqu'elle y voit le mot « Épilogue ».

Émue, madame Bureau se met à lire à haute voix le court épilogue.

– *Le temps a passé, et Isabelle est*

73

devenue écrivaine. Elle ne va plus à la mer qu'une fois par année. Elle vit maintenant, heureuse, dans une petite maison de brique rouge sur laquelle de jolis lierres s'agrippent toujours davantage, année après année. Elle a perdu son oursin, mais elle partage son bonheur avec de nouveaux grands amis: Mô, le chêne magnifique qui l'observe écrire, jour après jour, depuis la cour, et les deux écureuils qui l'habitent. Passionnée par deux grands auteurs, Fedor Mikhaïlovitch Dostoïevski et Milan Kundera, elle a surnommé ses deux amis Dosto et Kunde…

L'infirmière cesse de lire. Elle jette un regard étonné vers les deux écureuils toujours sur le seuil de la porte-fenêtre; puis, elle lève les yeux vers le grand chêne. Elle le regarde un long moment. «Serait-ce de cet arbre dont parle ?… » Elle a l'étrange impression que ce dernier lui sourit, malgré la perte brutale de ses feuilles.

Et c'est le cas !

Mô vient d'apprendre que ses deux petits locataires et lui ne mourront jamais, eux non plus… grâce à Zigzag.

Dans la même collection

Achevé d'imprimer en août 2002
sur les presses de Imprimeries Transcontinental
division Métrolitho
à Sherbrooke (Québec)